Enren

La main de la Sorcière

Pour Georges, Digby et Harry

Première édition dans la collection *lutin poche* : février 2004

Titre original : « The Witch's Hand »,
Aurum Books for Children, Londres, 1989.
Gullane Children's Books, Londres, 2001, pour la présente édition.
Loi numéro 49 956 du 16 juillet 1949 sur les publications
destinées à la jeunesse : août 2001
Dépôt légal : août 2009
Imprimé en France par Clerc s.a.s. à Saint-Amand-Montrond

La main de la Sorcière

Peter Utton

Traduit en français par Aliyah Morgenstern

lutin poche de l'école des loisirs
11, rue de Sèvres, Paris 6e

« Beeeerk ! Qu'est-ce que c'est que ça ? » demanda Georges.
Il montrait du doigt une horrible chose brune toute froissée, accrochée au mur. Papa leva la tête. « Ah, ça ? Ben c'est une… » Il s'interrompit et tourna les yeux vers son fils. « C'est une heu… Non, je ne peux pas te le dire… ça fait trop peur ! »
« Ça fait peur ? » s'étonna Georges.
« Pourquoi ça fait peur ? Dis-le moi, dis-le moi ! »
« Bon, d'accord », dit Papa, « mais ça fait vraiment peur… »

Il installa Georges sur ses genoux et raconta.

« Hier soir, alors que nous étions tous endormis,
toi et ton frère, Maman et moi, je me suis réveillé en sursaut.
Assis dans mon lit, les yeux écarquillés, j'ai cru entendre
une sorte d'onduli ondula, tapoti tapota, caqueti caqueta.

Quelque chose, ou quelqu'un, se déplaçait sur le palier.
Je me suis glissé sans bruit hors du lit et j'ai écouté à la porte :
l'ondulant tapotement caquetant venait bien du couloir.

Je me suis précipité vers ta chambre sur la pointe des pieds. La porte était entrouverte. J'ai jeté un coup d'œil furtif. Aussitôt, mes cheveux se sont dressés sur ma tête comme un seul homme. Glacé d'horreur, j'ai vu une énorme sorcière vêtue d'un long manteau noir et coiffée d'un grand chapeau pointu, qui se penchait au-dessus de vos petits lits.

À la faible lueur de votre lampe de chevet, je me rendis compte à quel point elle était affreuse. Elle lorgnait vos petites têtes endormies en faisant de monstrueuses grimaces et, entre ses rares dents vertes, s'échappait un grotesque gloussement de satisfaction. Soudain, elle sortit de son manteau un grand sac dégoûtant et tendit sa longue main osseuse pour vous agripper.

J'ai voulu crier : "Arrêtez, espèce d'horrible vieille mégère !"
Mais tout ce qui sortit de ma bouche fut :
"Tezceriribebememere..."

La sorcière s'arrêta net et se retourna lentement.
Elle me fixa de ses yeux injectés de sang.
Puis elle émit un sifflement diabolique
en pointant vers moi un index poisseux.

"Arrière ! Je veux ces petits garçons !"

“Il n’en est pas question !” ai-je bafouillé.
Je me suis alors approché d’elle en chancelant.
J’ai saisi ses poignets pleins de verrues.

“Beeeeerk !” me suis-je dit en frissonnant de dégoût.

Nous luttâmes pendant de longues minutes
dans un silence épouvantable. Finalement, je parvins
à attraper son cou crasseux et à la secouer comme un prunier.

“Agghe, gghe, gghe !”
râla-t-elle
en devenant toute molle
et en dégageant
une odeur répugnante.

“J’ai gagné !” pensai-je.
Mais soudain, avec
un ricanement
à vous glacer le sang,
l’abominable vieille femme
se mit à grandir, grandir,
grandir…

“Pour l’amour du ciel !” s’écria Maman en passant la tête par la porte de la chambre, “ne réveille pas les garçons !”
“Vite !” haletai-je, “va chercher l’épée !”
“L’épée ? Quelle épée ?” demanda Maman.
“L’épée à sorcières, dans le placard à balais !”
“Ah, cette épée-là”, fit Maman en sortant de la chambre.
“Espèce de petit homme stupide !” croassa la sorcière en collant son visage contre le mien. Elle ricanait en m’aspergeant de postillons fétides et de toiles d’araignées venimeuses. Puis elle fit un pas en arrière, introduisit son énorme main aux ongles crochus dans son manteau et en sortit un poignard de vipères !
“C’est la fin !” pensai-je quand elle leva son arme pour me frapper. C’est alors que Maman apparut sur le pas de la porte, brandissant la fameuse épée du placard à balais.
“Trop tard !” siffla la sorcière en me frappant de son poignard.

"C'est ce qu'on va voir !" cria Maman.
Elle bondit comme une diablesse et en un seul coup d'épée, trancha la main de la sorcière qui tomba sur le sol en même temps que l'arme démoniaque. "C'est de la triche !" grinça

la sorcière en commençant à se dégonfler. Dans un sifflement crépitant, elle se mit à fondre, à rétrécir, à rapetisser jusqu'à ce qu'elle disparût complètement dans un grand "flop !" mouillé.

"Ouf !" dis-je, "nous l'avons échappé belle !"

Maman et moi, nous nous sommes alors penchés sur vos petits lits.
Vous dormiez comme des anges…
"Regarde !" dit soudain Maman. Sur le sol gisait l'horrible main de la sorcière, brune, flétrie, froissée.
"Je vais l'accrocher au mur", dis-je, "elle me rappellera de ne plus oublier de fermer les portes à clé le soir."
"Bonne idée !" dit Maman. "Moi, je vais faire du thé."

Et voilà l'histoire de la main de la sorcière », dit Papa.

Georges leva les yeux et regarda fixement l'horrible chose brune. « Est-ce que c'est vraiment la main de la sorcière ? » chuchota-t-il.

« Non », répondit Papa. Il tendit le bras et décrocha la chose du mur. « C'est une feuille que j'ai trouvée dans le parc l'autre jour. Elle était d'un magnifique rouge doré, mais maintenant, elle est toute fanée. »
Il la réduisit en poussière dans sa main et la jeta dans la corbeille.

« C'était seulement une histoire », dit-il en riant.

Georges regarda le mur, il regarda dans la corbeille à papier, puis il regarda sa maman et vit qu'elle souriait.
« Espèce de blagueur ! » s'écria Georges.
Et il se mit à rire lui aussi.